Pour Jackie Kaiser (avec un merci tout particulier à Chris, Victoria et Sara) – K. M.

Pour maman et papa – C. T.

Catalogage avant publication de Bibliothèque et Archives Canada

Maclear, Kyo, 1970-[Wish tree. Français]
L'arbre des souhaits / Kyo Maclear ; illustrations, Chris Turnham ;
texte français d'Isabelle Montagnier.

Traduction de : *The wish tree.*
ISBN 978-1-4431-5543-4 (relié)

I. Montagnier, Isabelle, traducteur II. Turnham, Chris,
1966-, illustrateur III. Titre. IV. Titre: Wish tree. Français

PS8625.L435W5714 2016 jC813'.6 C2016-903077-6

Édition publiée par les Éditions Scholastic, 604, rue King Ouest, Toronto (Ontario) M5V 1E1, avec la permission de Chronicle Books.

6 5 4 3 2 Imprimé en Malaisie 108 19 20 21 22 23

Conception graphique : Sara Gillingham Studio
Le texte a été composé avec la police de caractères Kowalski Pro.
Les illustrations de ce livre ont été faites à l'aide d'un ordinateur.

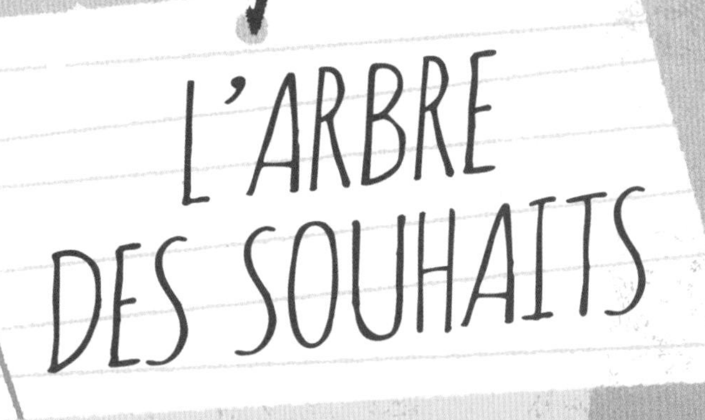

L'ARBRE DES SOUHAITS

Kyo Maclear
Illustrations de Chris Turnham
Texte français d'Isabelle Montagnier

Éditions
SCHOLASTIC

Charles veut trouver
un arbre des souhaits.

Son frère dit :
— Ça n'existe pas.

Sa sœur dit :
— Ça n'existe pas.

Mais Charles dit :
— Qu'en penses-tu, Gliss?

Et Gliss se dit : « Bien sûr que ça existe. »

Alors, le lendemain matin,
Charles et Gliss se mettent en route.

Le frère de Charles dit :
— Prends une carte.

La sœur de Charles dit :
— Prends une boussole
aussi.

Mais Charles et Gliss sont déjà
en chemin vers la forêt.

— Tra-la-la-la-lère, fredonne Charles.

— Sssssss, fait Gliss.

Ils ont toute la journée devant eux,
une journée entière pour trouver
l'arbre des souhaits.

Ils grimpent, grimpent... au sommet d'une colline.

Puis ils glissent glissent...
de l'autre côté.

Partout où va Charles, Gliss le suit.
Partout où va Gliss, Charles le suit.

Charles et Gliss ne voient pas d'arbre des souhaits.

Mais ils voient...

un écureuil qui se demande comment il va rapporter toutes ses noisettes dans son logis.

— Tra-la-la-la-lère, fredonne Charles.

— Sssssss, fait Gliss.

Au revoir,
les écureuils!

Ils avancent lentement, lentement, dans la neige et passent doucement, doucement, devant la tanière des ours.

Partout où va Charles, Gliss le suit.
Partout où va Gliss, Charles le suit.

Charles et Gliss ne voient pas d'arbre des souhaits.
Mais ils voient...

un castor qui rassemble
des branches de bouleau
pour finir sa hutte.

— Tra-la-la-la-lère, fredonne Charles.

— Sssssss, fait Gliss.

Au revoir,
les castors!

Ils glissent, glissent... sur la glace
en contournant les souches.

Partout où va Charles, Gliss le suit.
Partout où va Gliss, Charles le suit.

Charles et Gliss ne voient pas d'arbre des souhaits.
Mais ils voient...

un renard qui se hâte d'amasser des baies dans son terrier.

— Tra-la-la-lère, fredonne Charles.

— Ssssss, fait Gliss.

Reste bien au chaud, renard.

Maintenant, ils n'ont plus qu'une demi-journée devant eux, une demi-journée pour trouver l'arbre des souhaits.

— Il faudrait aller un peu plus vite, Gliss, dit Charles.

Charles et Gliss avancent très lentement à présent. Leurs ombres s'allongent. La journée s'achève, le soleil se couche.

— Gliss, dit Charles, je suis fatigué. Je... ne... suis... plus... capable... de... chercher.

— Sssssss, chuchote Gliss.

Quand Charles se réveille, il neige.

Il neige sur les écureuils. Il neige sur les castors. Il neige sur les renards. Il neige sur tout le monde.

Pendant un instant, Charles ne voit rien tant il neige. Puis il dit :

— Oh! Regarde!

Tu vois, Gliss, c'est ce
que nous pensions.

Et Gliss dit :
— Sssssss.

Charles écrit son souhait sur un morceau de papier et l'accroche à une branche de l'arbre des souhaits.

La neige tombe tout doucement. Les animaux ont préparé un festin nocturne. Il y a un soufflé aux noisettes, du thé au bouleau et des biscuits aux petits fruits.

Charles et Gliss se régalent avec leurs amis
jusqu'à ce qu'il soit l'heure de rentrer.

La lune brille dans la nuit.

— Tra-la-la-la-lère, fredonne Charles.

— Sssssss, fait Gliss.

Et ils cheminent sous les étoiles
jusqu'à la maison.